ALEXANDRE WEILL

(Nouvelle Édition

BLASPHÈMES

POÉSIES

(La première édition a paru en 1861)

PRIX : **30** CENTIMES

PARIS

E. DENTU, LIBRAIRE - ÉDITEUR

PALAIS-ROYAL, GALERIE D'ORLÉANS, 13

—

1878

+ Y

ALEXANDRE WEILL.

Œuvres éditées et inédies

30 centimes le volume

ONT PARU :

DIVERS

Selmel.
Le Don Juan de Sesenheim.
La petite Femme grêlée.
Le Prince juste.
La Reine de soie et la Reine de fer.
Le Roman d'un mariage.
Un drame d'amour.
L'esprit de l'esprit.
Si j'avais une fille à marier, 2 vol.
Moïse, le Talmud et l'Evangile, 4 vol.
Frony, 2 vol.
Lory, 2 vol.
Couronne, 2 vol.
Mon Syllabus, 2 vol.
Si j'avais un fils à élever. (considérablement augmenté, 5 vo

VONT PARAI   :

ROMANS

Udille.
Kella.
Emeraude.

POLITIQUE
Après la Parole n. avant la Parole n.

De l'Hérédité.
Génie de la monarchie constitutionnelle.
La République nouvelle.
Mes Décrets, ou les devoirs de l'homme.

PHILOSOPHIE

La Parole Nouvelle.
Mystère de la Création (traduit de la Kabbale).
Lois et Mystères de l'Amour traduit de l'hébreu).
Hymnes de l'Ame.
Sur le bûcher.
Philosophie du Rêve.
L'Idéal.

HISTOIRE

La Guerre des Peysans.
La Guerre des Anabaptistes.
Dix mois de Révolation (depuis le 24 février 1848 jusqu'au 10 décembre).

POESIE

Amours.
Blasphèmes
Les Croquants financiers.
Le Nouvel Isaïe (inédit)

PAMPHLETS

Mes Contemporains.
Mes Conférences au café de Madrid.
Mes Chass pots.
Le Justicier.
A nous deux.
Hommes noirs,qui êtes-vous
Ni Papisme, ni Athéisme.
La Méprise d'Hernani.
Les Français idolâtres ou athées du XIXe siècle. (inédit).
Mon Journal du théâtre.
Lettres de Vengeance d'un Alsacien.

THEATRES

Un Monde nouveau.
Les Emigrés d'Alsace.
Les Bourgeois de Paris (inédits).
L'Ecole de Montreux (inédite).

DIVERS

Ce que deviennent nos filles
La vie de Schiller.
L'Homme de Lettres.
Mon Enfance.
Mon Adolescence.
Mon premier Amour.
Mes années de Bohême (inédites.
Pensées crochetées et jetées (inédites.

Tout ce que j'ai écrit et pensé appartient au domaine public après ma mort et celle de ma femme

ALEXANDRE WEILL

BLASPHÈMES

POÉSIES

NOUVELLE ÉDITION

(La première édition a paru en 1861.)

PARIS

E. DENTU, ÉDITEUR

LIBRAIRE DE LA SOCIÉTÉ DES GENS DE LETTRES

PALAIS-ROYAL, 15-17-19, GALERIE D'ORLÉANS

—

1878

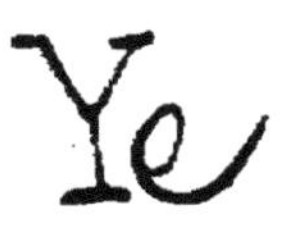

BLASPHÈMES

PAS CATHOLIQUE.

Si jamais je renais, écoutez mon souhait !
Que ce soit chez un peuple, où l'homme plus ne hait,
Où nul plus n'ose dire, en élevant sa place :
« Mon Dieu seul est le vrai, je l'ai vu, face à face.
« J'entre dans ses secrets, je suis son chambellan.
« Je le vois tous les jours, et hier, en m'en allant,
« Il m'a donné pouvoir sur les biens de la terre.
« Oh! ne raisonnez pas, mortels ! C'est un mystère !
« Mais je voue à la mort tous les récalcitrants !
« J'ai fait un pacte avec les rois et les tyrans.
« En vertu de mon droit, je les sacre et les nomme,
« Mon pouvoir est partout et mon sceptre est à Rome. »

NI PROTESTANT.

Et que surtout alors, on ne me parle plus
Des chrétiens protestants, ces soi-disant élus,

Divinisant Jésus, mais sous un autre rite,
Transformant le pouvoir en despote hypocrite.
Ces renards sous la peau de béats léopards,
Tranchant et séparant la raison en deux parts,
Qui, rejetant le chef d'un dogme de poupée,
En adorent la queue, après l'avoir coupée !

NI PHARISIEN.

Et s'il existe encor de ces obtus Hébreux,
Croyant que sur un mont, expressément pour eux,
Dieu se soit démasqué, pour leur montrer sa face,
Et pour sacrer leurs lois, leurs prêtres et leur race ;
Condamnant la raison, qui, dans tout être aimant,
Reflète l'Éternel, dès le commencement...
J'aimerais mieux être arbre et n'être qu'une bûche,
Ou bien renaître abeille et vivre dans ma ruche.

UN SEUL DIEU, UN SEUL PEUPLE.

Et quand l'on cessera d'adorer un bambin,
Il n'existera plus ni muphti, ni rabbin !

Oh ! le bienheureux temps ! sans pontife et sans prêtres !
Quand la suprême loi, créatrice des êtres,
Vibrera dans les cœurs de tous les citoyens !
Plus de Turcs, plus de Juifs et plus de faux chrétiens !
Un Dieu seul, un seul nom, une seule patrie,
Toute l'humanité du même sang pétrie,
Esclave de la loi, serve de la raison,
Noble par elle-même, et prenant pour blason,
— Paix et fraternité bien caractérisées, —
Des débris de canon et des chaînes brisées !

LA RELIGION D'AMOUR.

Si jamais je renais, quand le maître du temps
Me dira : « Lève-toi, je te rends tes vingt ans, »

Je lui demanderai : « Si tu veux que je vive,
Où me jetteras-tu ? Sur quels bords de la rive ?
Est-il encor là-bas de ces païens morveux,
Adorant mon grand-oncle et huant ses neveux !
Leurs aïeux, pleins de rage et d'astuce enfiellées,
Ont volé notre argent sur nos cendres brûlées !
Ils nous ont avilis. Nous étions à genoux,
Et leurs pieds de bourreaux marchaient encor sur nous !
Des bergers loups, prêchant aux brebis dans la plaine,
Pour dévorer leur chair et pour vendre leur laine.
Les Français, les premiers qui nous ont délivrés,
Étaient de grands penseurs, de raison enivrés !
Ils n'étaient pas chrétiens. Le chrétien est un homme
Qui, d'accepter sa foi, vous contraint et vous somme,
Et qui, pour vous guérir du mal de la raison,
Vous écorche tout vif, pour sacrer la toison. »

Oui ! Jésus-Christ est le Messie,
Annoncé par la prophétie,
De tous les Juifs de Bethléem !
Oui ! Jésus-Christ est un grand homme !
Il a vaincu les dieux de Rome,
Il a vengé, Jérusalem !

Il a par sa sainte parole,
De Jupiter brisé l'idole,

En l'expulsant de son pourpris !
Le Gentil, passé par le crible,
A courbé le front sous la Bible ;
Mais au Juif il n'a rien appris ! ! !

Si cette idolâtrie, avec son masque austère
Et son Christ plein de sang, trône encor sur la terre,
Je te prie, ô mon Dieu, suprême être créant,
De me laisser plutôt dans l'éternel néant !
Et puisque, par ta loi, ta raison en moi vibre,
Que ce soit chez un peuple où la pensée est libre ;
Car jamais les chrétiens n'ont permis aux Hébreux
De venir librement, comme un peuple de preux,
Au tournoi de l'esprit, rompre d'une main ferme
Leurs lances d'acier fin contre tous les dieux Terme
Qui, repus de pouvoir, encensés et contents,
Espèrent arrêter le progrès et le temps !

DÉFI.

Depuis qu'en mon cerveau la raison est éclose,
J'ai cherché de ma foi l'origine et la cause.
Je fus dès mon jeune âge, au nom de Jésus-Christ,
Traité comme un lépreux ou comme un vil proscrit.
J'aurais voulu presser l'univers sur mon âme,
On me répondait : Juif! traître! Judas! infâme!
Et pourtant du Seigneur je me croyais l'élu.
Et dans son livre saint que de fois j'avais lu
Que l'amour et la paix, au ciel et sur la terre,
Forceraient, en son nom, la haine de se taire !
Ce bienheureux Messie est toujours souhaité:
Des tyrans l'ont, à Rome, en sa course arrêté ;
Ils l'ont mis sous les fers du dogme et du mystère,
Et la guerre sans cesse, éclose au presbytère,
Secouant ses brandons de maison en maison,
Allume la discorde et souffle la raison.

Devant le tribunal de la philosophie
Je vous cite, ô chrétiens. Chrétiens, je vous défie!

Que furent vos aïeux? Des païens pervertis;
Des Gaulois, des Saxons, par des Juifs convertis!

Jésus, sur treize Juifs, ne trouva qu'un seul traître.
Jamais chrétien, fût-il du monde entier le maître,
Ne trouva dans sa chute autant de nobles cœurs!
Trêve donc de Judas, de vos longues rancœurs;
Que seriez-vous sans nous? Des brutes! des esclaves!
Ce fut la loi du Juif qui brisa vos entraves!
Ta croyance, chrétien, est la loi de Judas,
Que de science grecque et de sang tu fardas.
Certe! Elle fut longtemps la vérité superbe,
Invitant l'univers au banquet de son Verbe!
Mais le dogme bientôt, pétrifiant l'esprit,
Intronisa la haine, au nom de Jésus-Christ !...

Vit-on jamais un riche imposer sa fortune,
Le bâton à la main, au gueux qui l'importune?
Vit-on jamais un riche attaquer l'indigent
Et lui dire, en frappant : « Meurs ou prends mon argent? »
Chrétiens trois fois cruels, c'est là ce que vous fîtes
A vos frères aînés, aux vieux Israélites!...
Le brutal catholique, avec son Christ si doux,
Vint dire au peuple juif, le plus faible de tous:
« En ma foi seulement le salut s'effectue,
« Comme moi, sois heureux et fort, ou je te tue! »
Puis, vint le protestant, ce chrétien à demi,
Ce pédant sermonneur, ce renard endormi,
Qui lui dit : « Viens mon frère, aime-moi, car je t'aime;
« Seulement tu prendras ma bonne eau de baptême:

« Sinon, je t'exclûrai de tous les droits humains,
« Que je tiens réservés dans mes vieux parchemins. »

Les Juifs, convertissant, versaient leur sang d'apôtres.
Le chrétien convertit avec le sang des autres !

LES DÉICIDES.

Je vous entends crier : « Haro sur les Juifs ! Sus !
« Ils ont crucifié Notre-Seigneur Jésus ! »

Soit ! Mais comment comprendre
Qu'un Dieu se fasse pendre
Pour des Grecs et pour des Romains ?
A moins que sa puissance
N'eût détruit la potence
Pour ne plus pendre des humains !...

Si Jésus vient du ciel, et de Dieu s'est fait homme,
Les Juifs, ses serviteurs, n'ont tué qu'un fantôme !
C'est lui qui dirigea leur pensée et leur main,
Qui soumit leur justice au pouvoir du Romain !

De quel droit venez-vous nous reprocher un acte,
Conçu dès l'origine et scellé comme un pacte,
Qui d'un Juif fit un Dieu, du gibet fit la croix,
Et qui civilisa des peuples et des rois?
Pourquoi donc rappeler cet acte avec colère,
D'où date votre gloire et votre nouvelle ère!
Et pourquoi me forcer de me faire chrétien?
Est-il plus tolérant, votre Dieu, que le mien?
Vous avez mis à neuf nos antiques paroles,
Pour les faire servir au culte des idoles.
Puis vous me présentez ce Dieu frais émoulu,
A moi, fils de sa race, enfant du peuple élu,
En me disant : « Prends-le ! Ton Dieu n'est que le diable,
« Ton prêtre est une brute et ton temple une étable.
« Juif, tu seras pour nous un paria sans droits,
« Mais tu seras un homme en adorant la croix. »
Eh ! ma religion vaut donc mieux que la vôtre !
Car les biens dans lesquels le converti se vautre
Sont le prix de son troc et de votre marché !
J'adore un nouveau Dieu, le mien m'est arraché.
En échange on m'emplit de droits et de mystère;
On me ravit mon ciel, mais l'on me rend la terre!

Que si l'amour du Christ n'a point pu vous changer,
Et s'il vous faut toujours du sang pour le venger,

Vengez-vous sur mon Dieu, mais tâchez de le prendre !
Ce n'est pas moi, le Juif, mais mon Dieu, qu'il faut pendre !
Il est de hauts gibets, partout, sous le ciel bleu ;
Clouez-le sur un arbre et crucifiez-le !...

AUTRE VŒU.

Si jamais je renais, riche ou pauvre, qu'importe !
— On sait gagner son pain, quand on a l'âme forte ! —
Mais si je dois passer par mes vieux errements,
Où le sang chaud du cœur crie à l'esprit : « Tu mens, »
Où le doute navrant, mouvant comme le sable,
Empoisonne la vie et la rend méprisable ;
Je m'aimerais mieux mort et rongé par des vers,
Que d'ignorer vivant les lois de l'univers !
Quand, tel qu'un arbre creux, l'homme sur soi chancèle,
Son esprit se corrompt et sa raison se fêle !

VISION

Jeune, pauvre et tout seul, cheminant au hasard,
Sans savoir où j'allais, le cœur gros, l'œil hagard,
Je m'endormis, le soir, à l'abri d'un vieux chêne,
Où sans peur le corbeau gravement se promène.
Soudain je vis un homme, un envoyé d'en haut,
Arriver dans un char, sans bruit et sans cahot.
Autour de ses cheveux flottait une auréole ;
Il m'imposa sa main et, prenant la parole,
Il me dit : « Imprudent jeune homme, qu'as-tu ait,
« Pour t'enfuir et passer la nuit dans la forêt ?
« Lève-toi, malheureux ! Tu dors sur un abîme ;
« Le lit de ton repos est la fosse du crime !
« Et le ciel de ton lit, c'est l'arbre des pendus ! »
Frémissant à ces mots, et les bras étendus,
Je m'évertue et dis de ma voix la plus haute :
« Quoique pauvre et fuyard, je n'ai point fait de faute !
« Je suis l'unique fils d'honnêtes travailleurs,
« Et je veux, — je voudrais pouvoir sécher leurs pleurs
« Me fiant à ma force, au feu de mon courage,
« J'ai quitté mes troupeaux sur leur gras pâturage.
« Voilà trois mois que j'erre à travers monts et vaux,
« Côtoyant des palais et foulant des tombeaux.
« Je dîne dans la rue et je dors dans les granges ;
« J'implore tous les jours le Seigneur et ses anges,

« Et souvent je répète avec l'écho des bois
« Les psaumes de David, le plus divin des rois.
« — C'est moi, mon fils, dit-il, qui te trace ta route;
« Conserve ta croyance et que jamais le doute
« Ne ravage ton cœur. » Puis, me prenant la main,
Il me mit doucement au bord de mon chemin.
Il part et je m'éveille. — Un éclat de tonnerre
Tourbillonne dans l'arbre et le jette par terre!

SCEPTICISME

Que de fois j'ai conté ce conte à mes amis!
On me raillait à mort. C'étaient de vrais tamis,
Remuant, discutant le fond de leur doctrine;
Le son était pour eux, aux autres la farine.
Ils se croyaient des dieux, et, modernes Titans,
Ils marchaient sur l'espace et provoquaient le temps.
Je les suivais de loin, comme un compagnon ivre,
Maugréant et citant de temps en temps un livre;
Puis, poussé par l'orgueil, par mon esprit ardent,
A tout recommencer, et la jeunesse aidant,
Je finis par nier jusqu'à l'Être suprême;
Et, doutant de tout bien, excepté de moi-même,

Je faisais, en vivant comme un pur Hegelien,
Des vers comme un démon et l'amour comme un chien!

ATHÉISME

Au milieu de Berlin, dans la strasse du Pape,
Au numéro vingt-deux, dans une cave à trappe,
Nous étions assemblés, de graisse bien lotis,
Quarante étudiants et quatre-vingts rôtis.
« Foin, s'écria le chef, du vin blanc d'Allemagne!
« Vive le vin de France et vive le champagne!
« Qu'on trace sur la table et sur la porte aussi:
« Les chrétiens et les chiens n'ont point d'entrée ici.
« A bas les vieux du ciel, ces tyrans, ces dieux-hommes,
« C'est nous qui sommes Dieu, nous tous, tant que nous
                                    [sommes.
« Il faut au monde un Christ. Des savants c'est le tic!
« Que serait-il sans nous? Un chanteur sans public!
« Homme, qu'ai-je besoin de ce dieu de ménage,
« Notant mes actions et déclinant mon âge?
« Non, mes amis! Assez de ces dupeurs dupés!
« Soyons grands, soyons forts; soyons émancipés!
« Buvons, frères! buvons de ce nectar limpide!
« Les dieux n'ont d'autre sang que cette flamme humide.»

Il s'assied. Une femme, aux cheveux d'un blond roux,
Svelte comme un sapin et verte comme un houx,
S'élance sur la table et brandissant un livre,
— On m'a bien dit son nom, mais j'étais... j'étais ivre. —
« Le Messie est venu, dit-elle, et c'est Hegel!
« De la sottise humaine enfin c'est le dégel!
« Et le fleuve du temps, emportant les obstacles,
« Roule la liberté sur le dos des débâcles !
« Émancipation! C'est là le cri du temps!
« Il faut émanciper les amours inconstants!
« Il faut émanciper la femme de son homme,
« Et briser son lien, vil instrument de Rome!
« Qu'est-ce que la vertu? Rien! Un mot indécent!
« C'est une invention d'un vieillard impuissant!
« L'amour seul, l'amour libre est le dieu de la terre ;
« Dès qu'il parle, le ciel est forcé de se taire! »

Des bravos éclatants suivirent ces propos,
Et même les rôtis firent claquer leurs os!
Les bouchons à l'envi partirent par douzaines,
Les coupes qu'on vidait se trouvaient toujours pleines.
Des garçons, proclamés serviteurs demi-dieux,
Vous laissaient ce choix: boire ou se battre avec eux!
Les cris se succédaient par des voix de tonnerre,
Comme les battements de fléaux dans une aire.
Enfin des hauts discours le bruit devint si fort,
Que plus d'un dieu roula, sous la table, ivre-mort!

« Il est temps, s'écria le chef de ces orgies,
« Le moment est venu d'éteindre les bougies.
« Des chrétiens et des juifs, de forts théologiens,
« Dépouillant leurs erreurs, grâce à nos hegeliens,

« Vont enfin proclamer la gloire de nos maîtres,
« En reniant leurs dieux, en maudissant leurs prêtres.
« Tous, nous écouterons ces libres orateurs ;
« Mais nul ne les verra, crainte de délateurs !

« — Vous pouvez, mes amis, blasphémer à votre aise,
« Répondit un noir masque, ayant le nom de Blaise.
« Je connais le Seigneur. C'est un bon potentat !
« Il pardonnera tout. Il n'a point d'autre état ! »
On éteint les flambeaux. Une flamme bleuâtre,
Sortant d'un verre à punch et grimpant sur le plâtre,
Éclaira dans un coin un roi guillotiné,
Un roi fort bien connu, sur le mur dessiné.
Mon tour vint. Je me lève et je prends la parole,
Lorsqu'un homme de fer, cerclé d'une auréole,
M'étreignit les deux mains, en me disant tout bas :
« Si tu veux nier Dieu, tu ne parleras pas !
« Au nom de son pouvoir, à la première phrase
« Que tu prononceras contre lui, je t'écrase.
« Regarde dans ce coin l'hôte qui sous son froc
« Cache ses pieds. C'est l'homme à la plume de coq ;
« Il grimace, il sourit, il déguise sa joie,
« C'est le *Doute*. Vous tous, vous deviendrez sa proie !
« Il poussera les uns à l'émeute, à la mort ;
« Les autres croupiront prisonniers dans un fort ;
« Les plus riches d'entre eux, dans une autre patrie,
« Traîneront exilés une vie appauvrie ;
« Et le plus orgueilleux, rusé comme un serpent,
« Tu le verras tourner comme un vrai chenapan !
« Garde ton idéal, le doute est un faux prêtre,
« La porte est à Satan ! — Sortons par la fenêtre !

« Un mouchard ! » m'écriai-je, et le spectre s'enfuit.
Et moi de maugréer pendant toute la nuit !
Car loin d'être couché mollement sur la mousse,
C'était sur un corps dur, — l'horrible femme rousse !

———

CHEZ LE SEIGNEUR

C'est toujours vers le soir, quand le sommeil me prend,
Qu'à travers l'horizon qui devient transparent,
Je m'élance par bonds, sur l'aile de mon rêve,
Jusqu'aux hauteurs du ciel, où le soleil se lève.
Là j'entends disserter, dans la grande cité,
Sur l'homme et son destin, et sur l'humanité !
Souvent, en me glissant dans ces saintes phalanges,
Et pérorant plus fort que le plus fort des anges,
Je fais descendre Dieu, sur un nuage épais, —
Pour nous dicter son Verbe et pour faire la paix.
Je me rêvais mourant, étendu sous un arbre,
Puis, mort, on me porta dans un temple de marbre,
Rempli de serviteurs et de laquais du ciel,
Aux traits rébarbatifs, aux figures de fiel !
« Bien ! me dis-je, je suis chez le Seigneur, mon père,
« Je me retrouve enfin, j'ai mon point de repère,
« Je suis dans le palais, dans le céleste hôtel,

« Où sur ses actions, on juge tout mortel !
« Où le juge en personne, ou pour le moins son buste,
« Condamne le méchant et fait honneur au juste.

« — Hors d'ici ! cria-t-on. Tu ne verras jamais
« Le Dieu qui te punit et que tu blasphémais.
« Que nous veut cet intrus, nous parlant comme un maître !
« Satan, en son enfer, le recevra peut-être ! »

Alors, me levant droit dans ma bière et toisant
De haut en bas ces gens, et mes deux bras croisant :
« Arrière ! m'écriai-je, arrière ! valetaille !
« Tas d'indignes laquais, veule et vile prétraille !
« Je suis un fils de Dieu. Ma demeure est ici !
« Le maître m'a dit : « Viens ! Je réponds : « Me voici ! »
« Car j'ai soif et je suis affamé de justice.
« Et puisque me voilà dans ce saint édifice,
« Je verrai le grand juge. Et malheur à vous tous !
« Si vous ne cédez pas au prophète en courroux ! »
Puis, élevant la voix et de toute mon âme :
« Qui que tu sois, disais-je, Esprit, Éther, ou Flamme,
« C'est toi qui me créas, qui me créas de rien !
« L'homme de toi tient tout, et le mal et le bien !
« Si j'eusse violé les droits de mon semblable,
« Tu me verrais courber ma tête inébranlable !
« Mais est-il un mortel qui puisse t'offenser ?
« Eh ! que te fait à toi mon bien ou mal penser,
« Ma haine ou mon amour, mon éloge ou mon blâme ?
« Tu n'es pas un poëte, et tu n'as pas de femme !
« S'il est vrai que tu sois le créateur de tout, —
« — Étant ton fils aîné, je te parle debout, —

« Si mon esprit altier, pour te voir face à face,
« S'arroge ton pouvoir — c'est qu'il chasse de race !
« Mon corps voluptueux, contre les lois du ciel,
« S'est parfois enivré de bonheur matériel ;
« Mais la vie idéale est trop souvent amère :
« Je suis ton fils, Seigneur, mais la terre est ma mère.
« Et, quant à ma raison, de toi seul je la tiens,
« Son souffle vient de toi. Donc, mes torts sont les tiens !
« Et si tu me punis pour injure et basphème,
« Tu te fais ton procès, tu te punis toi-même ! »

Tout à coup, reculant d'effroi, je m'arrêtai.
Un craquement soudain, mille fois répété,
Fendit le ciel en deux, — et, frémissant, nous vîmes
Monter à flots pressés la mer et ses abîmes ;
Tous les astres du ciel, tous les morts du passé,
Tour à tour se rangeaient dans un cercle espacé.
Puis, de loin, une voix prononça ces paroles :
« Les dieux que vous aimez, mortels, sont des idoles !
« Je suis la Loi qui fut dès le commencement.
« Seul je suis l'*Être Étant*, tout *devient* constamment.
« Tout contient par mon souffle une parcelle d'âme,
« Et tout vit par l'amour, comme l'homme et la femme.
« Moi, le Verbe et la Loi, j'ai des lois que je suis,
« Rien ne les fait changer ! Je reste qui je suis !
« Si l'être *devenant* ne corrompt pas sa voie,
« Il trouve en son travail le bonheur et la joie !
« Et chacun, en vertu de mes dons contrastants,
« Peut monter un degré sur l'échelle du temps !
« La mort est à la vie une nouvelle phase,
« Une écorce qui crève, un changement de vase !
« La racine enterrée est grosse d'une fleur,

« Et la joie est l'enfant de la mère-douleur.
« Vous êtes tous liés par ma chaîne électrique,
« Depuis l'herbe du pré, jusqu'à l'astre antarctique !
« Mais à l'homme, — et c'est là sa divine fierté, —
« A l'homme, j'ai donné ma propre liberté. »

La terre et l'Océan, les hommes et les astres,
Les oiseaux et les fleurs suspendus aux pilastres,
Et tous les éléments, les zéphyrs et les vents,
Les morts ressuscités dans les corps des vivants,
Exultaient, délirant dans une sainte ivresse,
Et chantaient, en dansant, des stances d'allégresse.

Et la voix poursuivit, d'un ton impérieux:

« Habitants de la terre, et vous, Esprits des cieux !
« Venez pour m'écouter ! Venez ! les temps sont proches !
« Car voici bien longtemps que j'entends vos reproches.
« Je vais chasser la nuit qui couvre l'horizon
« De votre jugement et de votre raison !
« J'ai donné le bonheur inné, dès la naissance,
« A tout être qui vit, à tout être qui pense !
« Car chacun porte en soi le pouvoir bien distinct
« De devenir meilleur et plus heureux, d'instinct.
« Par le travail inné, la fleur sort de la fange,
« L'animal devient homme et l'homme devient ange !
« Car je suis le travail, le travail est ma loi;
« Par le travail tout porte un reflet de mon *moi*.
« Le travail c'est l'instinct du ciel et de la terre,
« C'est là ma raison d'être et c'est là mon mystère !
« Tout travaille, et la plante, et l'astre, et l'animal !
« Et ce qui hait le bien travaille dans le mal !

« Je suis seul un corps simple, identique à moi-même,
« Et seul je me connais, de mon centre à l'extrême.
« Mais les êtres créés sont des corps contrastants,
« Soumis au changement et toujours inconstants !
« Rien n'agit ni ne vit en dehors du contraste,
« Au jour il faut la nuit, au bonheur du néfaste;
« Il faut le mal au bien et la laideur au beau,
« Le vrai contient l'erreur et la vie un tombeau.
« Il ne m'a pas suffi de créer l'homme libre;
« Pour qu'il trouvât du beau le divin équilibre,
« J'ai gravé dans son cœur un instinct d'idéal,
« Pour aspirer au bien, pour triompher du mal !
« Mais les lois que je suis sont les mêmes pour l'homme,
« Qu'il soit dans un palais, ou vivant sous le chaume.
« Il peut opter. Il peut choisir. Mais le mal fait
« Détruit le libre arbitre et produit son effet.
« Pour couper ces efforts, faudra-t-il que je change,
« Et que pour vous je crée un monde de rechange ?

« De vos plaintes, mortels, de vos cris, je suis las !
« Sachez, je ne pardonne et je ne punis pas !
« Même au corps j'ai tracé sa limite et sa voie.
« La douleur le lui dit, quand sa chair se fourvoie.
« Et le for de l'esprit, si sauvage qu'il soit,
« Est mordu par ma dent, quand il viole un droit.
« Vous sortez de mes flancs comme un fils de son père.
« La terre et ses trésors, le chien et l'éléphant,
« Tout le travail du père était pour son enfant !
« Malheureux ! grâce à vous, le monde est un repaire !
« Vous avez excité le tigre et le serpent,
« Créés pour vous servir, bondissant ou rampant.
« Par vos inimitiés, vos haines et vos guerres,

« Vous avez corrompu, stérilisé les terres !
« Vous avez la raison et vous vivez en fous,
« Confondant dans vos lois les agneaux et les loups !
« Vous étiez des géants, quoique exposés aux chutes,
« Et vos brutalités vous ont changés en brutes !
« Et puisque vos aïeux étaient des assassins,
« Qui, volant de grands noms, se proclamaient des saints ;
« Et puisque votre histoire, un tissu d'injustices,
« Embellit de son art les crimes et les vices ;
« Puisque de ces brigands vous êtes les enfants,
« Tuant la liberté dans vos bras étouffants ;
« Puisque toujours, comme eux, vous vivez de rapines,
« Donnant la fleur aux forts, aux faibles les épines ;
« Puisque vous honorez le riche fainéant,
« Et que l'honneur du pauvre est pour vous le néant ;
« Et puisque l'homme vit aux dépens de son frère,
« Qu'il promet d'être juste et qu'il fait le contraire,
« De quel droit venez-vous gémir sur vos douleurs,
« Et d'un air de défi me reprocher vos pleurs ?
« Ces malheurs naturels sont les métamorphoses,
« Les logiques effets, dont vous êtes les causes !
« Faut-il intervertir et détruire mes lois ?
« Ce serait fait de vous, de vous tous à la fois !
« Les cieux s'écrouleraient, fracassés sur la terre ;
« Les mers ne seraient plus qu'un seul flot délétère !
« Tout disparaîtrait, sauf le chaos et ma loi !
« Et je recréerais tout pour le même emploi !

« Mais rompez en visière à tous vos vieux usages :
« Vivez par la raison, vivez comme des sages ;
« Détruisez l'injustice et le droit du plus fort ;
« Aux brigands, aux tyrans seuls la peine de mort !

« Qu'à tout jamais la guerre entre vous soit bannie !
« Que, faute de tyrans, meure la tyrannie !
« Qu'affranchi de son joug, le libre travailleur
« Puisse ennoblir son âme et devenir meilleur !
« Expulsez ce faux dieu, calqué sur votre image,
« Aimant comme une femme et parlant comme un mage,
« Qui, tantôt en colère et tantôt gracieux,
« Jugeant et déjugeant en son palais des cieux,
« Applaudit le flatteur, quoique méchant dans l'âme,
« Et fait la moue au bon quand il doute ou qu'il blâme !
« Je ne vois pas fumer l'encens que vous brûlez,
« Je n'entends ni vos cris, ni vos vœux formulés !
« A vos dehors pieux je suis inaccessible !
« Ce n'est pas l'Évangile et ce n'est pas la Bible
« Qui vous ont révélé l'essence de ma loi !
« Je suis l'œuvre et le bien ; l'œuvre et jamais la foi !
« Je n'accumule pas obstacles sur obstacles
« Pour prouver ma grandeur par d'absurdes miracles.
« Si vous semez le mal, irais-je de mes mains,
« Sur vos pleurs et vos cris, en arracher les grains ?
« Non, non ! Le mal semé va pousser. Il se lève,
« Et ses fruits de malheur, — la loi ne fait pas grève,
« Tomberont, ou sur vous, ou sur vos descendants !
« Et toujours le verjus agacera les dents
« Du père ou de l'enfant. Car tout est solidaire ;
« Tout se tient dans mes lois, au ciel et sur la terre !
« Votre bonheur, mortels, il gît dans votre instinct,
« Dans l'instinct du travail, qui jamais ne s'éteint !
« J'ai gravé dans vos cœurs, dans le cœur le plus fruste,
« L'immortel sentiment du juste et de l'injuste.
« L'homme le plus rebelle et le plus endurci
« Porte en soi-même un maître, auquel il dit : « Merci, »

« Quand il a travaillé, travaillé pour un autre,
« Et que de sa raison, il s'est senti l'apôtre !
« Vous êtes les rameaux reverdis de mon tronc !
« Tous ceux qui sont tombés et ceux qui tomberont
« Prennent dans ma racine une séve nouvelle.
« Et seuls, sans jugement, sans bruit et sans querelle,
« Les uns servent, en haut, de splendeur et d'attraits,
« Et les autres, en bas, de fumier et d'engrais ! »

J'ai retrouvé mon Dieu. Seulement il est autre !
Le Dieu de ma raison et qui vaut bien le vôtre !

———————

CONFESSIONS.

Maintenant que je sais qu'il n'est pas de pardon,
Et que sur un chardon vient toujours un chardon ;
Maintenant que je sais que vaines sont les larmes ;
Qu'il faut couper le mal, dût-on prendre les armes,
Je frappe avec ardeur sur le mal que j'ai fait,
Du temps que dans Paris le peuple triomphait !

Hélas ! il est trop tard ! et mes coups de cognée
Abattent seulement des toiles d'araignée !

Comme un dragon, ce mal, devant moi s'est dressé,
Barrant mon avenir et narguant mon passé!
Ma vie était unie et maintenant scindée;
Une de ses deux parts a l'air d'être fardée.
Mon esprit si mordant, qui fut fort, qui fut un,
A perdu la saveur et n'a plus son parfum!
Et l'expiation n'est point encor finie.
La liberté se venge en coups de tyrannie !

On m'a vu volontaire, au milieu des cafards (1),
Qui, se grimant en saints et se couvrant de fards,
Ont fusillé le peuple aux cris de : « Vive l'ordre ! »
Et, comme des goujons, nous sommes allés mordre,
En frétillant de joie, à l'hameçon de fer
Qui nous prenait notre âme et qui n'était qu'un ver.
Car ils n'ont combattu que pour sauver leur caisse
Et que pour nous mener comme des chiens en laisse.
Et quand le coup d'État est venu s'installer,
Ils ont dit : « C'est pour nous. Il est temps d'étaler
« Nos bimblots. En avant! et relevons la cape !
« Il n'est pas d'autre Dieu que notre Dieu, le pape!

(1) Pour rendre justice à qui de droit, je dois excepter de cette catégorie les rédacteurs de la *Gazette de France* de 1848: MM. de Genoude, de Lourdoueix et de Croze. Tous trois ayant franchement accepté les principes de 89, voulaient la liberté pour tous. Hélas ! ce furent les derniers rameaux verts poussés sur un arbre creux et décrépit. Ils durent disparaître. Car nulle liberté n'est compatible avec le dogme catholique. Un principe qui dit par la bouche d'un homme: « Moi seul je suis la vérité, » est l'incarnation de la tyrannie et conduit forcément, inévitablement, à l'inquisition.

Il en est de même de toutes les religions qui se disent révélées.

Dieu n'a donné la raison à l'homme que pour être et rester libre comme lui !

« Le droit du gentilhomme est un droit permanent,
« Et que le travailleur redevienne manant !
« A bas la liberté ! La raison est un crime !
« Et la philosophie un appel de l'abîme !
« Écrasons tous ces gueux de nos rouges talons !
« Pas de honte ! En avant ! Allons ! allons ! allons ! »

J'ai vu des vautours noirs de leurs griffes pointues,
S'abattre et s'accrocher à de fortes statues.
De sa fauve envergure, et comme un souverain,
L'un d'eux, s'étant perché sur la tête d'airain,
Mordillait de son bec la prunelle fendue.
Je croyais la statue aveuglée et perdue.
Vint un petit enfant, jouant dans le ruisseau,
Qui chargea son clifoire et leur lança de l'eau ;
Et ces fiers conquérants, croassant de colère,
De fuir à tire d'aile et de trahir leur aire !
Et le soir, les chasseurs, meurtris, mais triomphants,
Les promenaient mourants, suivis d'un tas d'enfants.

Ainsi ces noirs héros, sortis des séminaires,
Chassés par nos enfants révolutionnaires,
Seraient pris, comme on prend le poisson dans un rêt,
Le jour où le pouvoir du peuple le voudrait !

Tous ceux qui sont marteaux nous serviront d'enclumes.
Et quant à leurs canons, on en fera des plumes !

RÉACTION.

Car voilà trop longtemps que nos instituteurs,
D'excellents musiciens, mais de mauvais lutteurs,
     Nous prêchent la concorde !
Nos pères, disent-ils, criards comme des paons,
Loin d'être des héros, étaient des chenapans,
     Gens de sac et de corde !

Ils n'ont pas essayé d'employer la douceur
Contre l'oppression et contre l'oppresseur.
     Ils ont tiré leurs armes !
Ils sont allés chercher les rois dans les palais,
Ils ont guillotiné les nobles, leurs valets,
     Et sans verser de larmes !

Rhéteurs stipendiés, misérables pédants !
D'une race héroïque indignes descendants,
     Rengaînez votre prose !
Saluez ces manants qui, brandissant le soc,
D'un injuste agresseur ont affronté le choc
     Et sont morts pour leur cause !

C'étaient de vaillants cœurs, qui, luttant sans repos,
Savaient plutôt mourir que d'être les suppôts

Des nobles et des prêtres!
« Nous sommes, disaient-ils, vos égaux et vos pairs,
« Travaillez comme nous! Trêve de vos grands airs!
    « Sinon, voici vos maîtres! »

« Quand devant nos tyrans vous étiez à genoux,
« Ce fut pour vous lever les talons sur nos cous
    « Et les mains sur nos chaînes!
« C'en est fait! Il n'est plus de noblesse de rang!
« Et si quelque faquin se dit d'un autre sang,
    « Qu'on lui perce les veines! »

Pour démolir cette œuvre injuste des vieux temps,
Il fallait des héros, il fallait des Titans,
    Des hommes de tonnerre!
Il fallait renverser le passé des vainqueurs
Et dédaigner l'esprit des futurs chroniqueurs
    De la vie ordinaire!

Et s'ils sont revenus ces ci-devant marquis,
Possédant sans vertu des honneurs mal acquis,
    Au-dessus de leurs tâches —
C'est que nous avons peur de nos propres terreurs,
C'est que nous retournons vers nos vieilles erreurs,
    C'est que nous sommes lâches!

PROPHÉTIE.

Quand un peuple abruti vit en s'avilissant,
Il se forge à soi-même un avenir de sang.
Ainsi le veut la loi dans sa force autonome
Et qui jamais ne cède à la force d'un homme !
Car le mal qui se fait, le mal que les humains
Laissent faire au prochain, en s'en lavant les mains,
Creuse ses fondements, se lève et s'accumule !
Nul pouvoir ne le vaine, nul pardon ne l'annule !
Puis inopinément ces ferments excités,
Tonnerres foudroyants, renversent des cités.
Tout alors tourbillonne et branle sous la trombe !
Tout luit, tout bruit, tout fuit, tout chancelle et tout tombe.
C'est un chaos de sang, un volcan, un sabbat ;
Le sol qui s'engloutit, la forêt qui s'abat !
L'écorce attaque l'arbre et fait ployer la cime ;
Le bourreau, s'affaissant, râle sur sa victime !
Les grands et les petits, les hommes les plus forts,
Craquent sous l'ouragan qui passe et tombent morts !

ROBESPIERRE.

Mais parmi ces Titans, ces hommes de tonnerre,
Il en est qui, planant, comme l'aigle sur l'aire,
Au-dessus des sommets d'éternelles froideurs,
Méprisent notre gloire et nos vaines grandeurs !
Ils portent dans leurs bras la hache et la truelle ;
Leur poitrine est d'airain et leur cœur est d'acier,
Car ils vont d'abord faire œuvre de justicier ;
Œuvre de châtiment, nécessaire et cruelle.
Mais, sous leurs coups divins, le sol a tressailli !
D'un nouvel avenir la semence a jailli !
De célestes lueurs ont éclairé la terre !
La foi se fait raison et devient plus austère.

LE DIEU NOUVEAU.

Vous pouvez, vieux roués, nous voyant si couards,
Reprendre vos plumets et vos airs de Dieu-Mars!
Mais l'aristocratie — on l'a guillotinée!
La puissance du prêtre — on l'a déracinée!
Un Dieu libérateur se montre à l'horizon.
Le Dieu des travailleurs, le Dieu de la Raison.
Mordez sur Robespierre et son cruel système,
Mais vos dents se rompront sur son *Être suprême!*
Ce Dieu de nos devoirs, mais vengeur de nos droits,
Qui par le bras du peuple épouvante les rois,
Et qui, comme la foudre, en sa course irritée,
Frappe du même coup l'idolâtre et l'athée!
Car il est des forfaits, contre un peuple naissant,
Qu'on ne peut effacer que dans leur propre sang.
O fils abâtardis du monde et du négoce!
Et vous, faux écrivains, marchands du sacerdoce,
Maudissant Robespierre et ses droits immanents,
Sans lui que seriez-vous? Vous étiez des manants!
Lui seul dans son ardeur, bravant la calomnie,
Au nom du suprême Être, au nom d'un grand génie,
Étreignit le passé de sa puissante main
Sur le berceau sanglant du futur genre humain.
Esclave d'un principe, à l'éloge insensible,
Les sceptiques viveurs l'ont choisi pour leur cible.

Ils mordillent son buste et bavent sur son front;
Mais, comme de grands nains, sans nom, ils passeront.
Et lui dont la vertu fut d'airain et de pierre
Fait trembler les tyrans, au nom de Robespierre!

Les vieux chants ne résonnent plus,
Les vieilles cloches sont brisées !
Les vieux dieux sont sourds et perclus,
Les vieilles armes sont usées !

Un nouveau dieu, de juste aloi,
Égale le palais au chaume !
Il est suprême, il est la Loi.
Il est la Liberté de l'homme !

Homme ! quand tu le connaîtras,
Tu seras bon, tu seras juste !
Et loin de toi tout ce fatras
D'un dieu personnel, d'un dieu buste !

Fais le bien, recherche le beau;
Au laid, au mauvais, sois revêche !
L'esprit de l'homme est un flambeau,
Et le corps n'en est que la mèche !

Le mal se punit ici-bas,
Et pas de Dieu pour le remettre !
Quand on a fait le premier pas,
Il vous tient, il est votre maître.

Mais si, juste et bravant la mort,
De ta loi tu tiens l'équilibre,
Tu disposeras de ton sort
Et tu mourras comme un dieu libre !

———

L'ÊTRE SUPRÊME

Gloire à ton suprême être, éloquent Jacobin,
Au dieu de la Raison, qui n'est pas un bambin ;
Au dieu de la justice, au principe immuable,
Au dieu qui fut toujours sans enfer et sans diable.
Qui créa l'homme libre, et libre par l'instinct,
Au-dessus de la mort, au-dessus du destin,
Et dont la liberté n'admet d'autre limite
Que le droit naturel du frère qui l'imite.

Et si grand que soit Dieu, si pénétrant qu'il soit,
Il n'agit qu'au moment où l'Être le perçoit.

Ce moment vient toujours. Après la nuit du doute,
La blanche aube de l'âme apparaît à la voûte.
Dès qu'un mortel se cherche, il se trouve et se sent,
Dieu lui parle en personne, et, le doute cessant,
Laisse filtrer la foi comme un suave baume,
Devenant chair et sang, dans la raison de l'homme !
L'homme et Dieu sont égaux et libres de s'aimer;
Et Dieu laisse à son fils le droit de blasphémer,
Pourvu que son orgueil et ses hardis blasphèmes
Ne servent pas d'enseigne à d'iniques sytèmes.
Bien souvent tous les deux, brouillés dans leurs amours,
Se trouvant face à face, après de longs détours
Se donnent le baiser d'éternelle alliance,
Où la divine gloire à la mort se fiance !

LE DOUTE EST PERMIS

Jadis, j'ai fléchi le genou
Devant Jésus, l'homme suprême !
J'eusse alors adoré Wichnou,
Car en lui, je m'aimais moi-même !

Je me croyais beau, grand et fort,
Je me croyais un phénomène !

Et j'eusse marché sur la mort,
Comme un géant sur une naine !

Mais depuis que je me connais
Et que je comprends mon essence,
Les vieux dieux que je couronnais
Se sont dissous dans l'impuissance !

Eh ! qu'ils soient dieux ou le néant,
Tout ce qui dans ma raison vibre
Me vient d'en haut, de mon Créant !
De douter je me sens donc libre !

Car si l'esprit de si haut lieu
Doute de Sion et de Rome,
C'est Dieu qui ne croit pas en Dieu,
C'est l'homme qui doute de l'homme !

LES SIÈCLES FUTURS

O bienheureux mortels ! vous qui n'êtes pas nés,
Qu'aux futures splendeurs le ciel a destinés !
Quand l'humanité libre, arrachée à sa gangue,
Ne connaissant qu'un Dieu, ne parlant qu'une langue,
Au lieu de se haïr, au lieu de se ruer;
Sur les champs de bataille et s'y faire tuer,

Au lieu de travailler pour enrichir un maître,
Tyran héréditaire et qui n'avait qu'à naître;
Au lieu de se tromper pour un vil intérêt,
Et de se rabaisser aux loups de la forêt ;
Quand, dis-je, les humains dans une ligue sainte,
S'uniront par amour et nullement par crainte ;
Quand le travail de l'homme, après le joug brisé,
Aura triplé les biens du sol fertilisé ;
Quand on prendra pour fou l'homme qui se dit noble,
D'après un nom de terre ou d'un mauvais vignoble;
Quand, dans la paix, chacun vivra selon l'esprit,
Et qu'on n'entendra plus parler de Jésus-Christ,
Que comme d'un grand cœur et comme d'un grand homme,
Libérateur du mode et   sonnier à Rome ! ! !

En ce temps, Robespiei u, on ne se tuera plus !
Mais à l'Être suprême on construira des temples ;
Et toi, mort pour sa gloire, et qui, mort, nous contemples,
Tu ressusciteras parmi les grands élus !

———————

L'AUBE.

Les hommes sont petits, mais grandes sont les choses !
Au sol de l'avenir, on peut les voir écloses !
Et sur le champ de mort de tous les vieux partis,
Paît déjà la brebis — les vautours sont partis !

Le dogme des tyrans bientôt va disparaître,
Tout sage sera roi, tout homme sera prêtre !
Le poëte est le coq qui chante dans la nuit,
A ses cris redoublés l'obscurité s'enfuit !

On n'entend plus les cops, leurs crêtes sont coupées ;
Et leurs poules sans cœurs sont de vaines poupées.
N'importe ! Il va venir, il ressuscitera,
Le jour de la raison ! Le hibou se taira ! ! !

Et tous les rossignols, grands et petits poëtes,
Toutes ces voix de Dieu, depuis longtemps muettes,
Rempliront l'univers de leurs chants gracieux
Et feront de la terre un paradis des cieux !

A LA JEUNESSE

Jeunes hommes ! jetez vos cigares dans l'âtre,
    Et déployez vos étendards !
Vous avez des combats de héros à combattre,
    Contre une bande de soudards !

Nos anciens défenseurs s'aspergent d'eau bénite,
    Les nouveaux sont leurs marguilliers !
Ils se sont tous vendus. A l'or du jésuite
    Ils se sont vendus par milliers !

Il est temps, jeunes gens, de vous ceindre du glaive
    De la vaillante puberté !
Que bouillante d'ardeur la jeunesse se lève,
    Et lutte pour la liberté !

Laissez là vos cafés et vos salles de danse,
    Et tous ces plaisirs de manants !
Il faut prendre la plume, il faut brandir la lance,
    Il faut chasser ces revenants !

Trêve de compromis ! Montrez-leur que vous êtes
    De vos pères les dignes fils !
Et que, pour agrandir vos anciennes conquêtes,
    Vous acceptez tous leurs défis !

Quand le lion rugit, tous les hurleurs se taisent.
    Soyez lions et rugissez !
A tous ces vieux chacals d'avant quatre-vingt-treize
    Vous n'avez qu'à crier : Assez !

ÉPILOGUE

Surgissez et chantez, saintes voix inspirées,
    Tous les grands cœurs de l'avenir!
Et du passé les morts, âmes transfigurées.
    Assez maudit! Il faut bénir!

Il faut bénir la vie au tronc divin éclose;
    Libre en son cercle limité!
Qui par la mort s'élève et se métamorphose,
    Et devient immortalité.

L'univers est rempli de divine harmonie,
    L'homme seul la trouble! lui seul!
Mais libre et cherchant Dieu, de son puissant génie,
    Debout même dans son linceul.

Il trouvera la voie et le but qu'il ignore,
    Et qu'il sent instinctivement!
Le caillou plein de gangue y prédomine encore,
    Un jour il sera diamant!

Éclairant de son jour les effets et les causes,
    Tout de lumière et transparent;
Pénétrant comme Dieu les mystères des choses,
    Et soi-même se pénétrant.

Il ravira le sceptre à la force brutale,
    Et le mal ne régnera plus!
Il vouera ses travaux à la gloire idéale,
    A la liberté ses saluts!

Surgissez et chantez d'une voix inspirée,
    Tous les grands cœurs de l'avenir!
Je vous regarderai. Du haut de l'empyrée,
    Mon âme viendra vous bénir!

LES

CROQUANTS FINANCIERS

La première édition a paru en 1861.)

Je suis fils d'un courtier de bestiaux et de suif,
Je suis né gentilhomme et suis fier d'être juif!
Jésus-Christ est mon oncle, et mes cousins apôtres
Ont proclamé des rois! Chrétiens! ce sont les vôtres!
Le grand esprit vengeur, d'un éclair qui creva,
Me lança sur la terre au nom de Jéhova.
« Prends, dit-il, prends, mon fils, et ma plume et ma hache.
« Brandis-les tour à tour sur la tête du lâche.
« Je t'ai graissé de moelle et t'ai doublé d'acier,
« Pour déclarer la guerre au croquant financier,
« Ce fléau du pays, qui, du labeur du frère,
« Extrait pour soi de l'or et ne fait qu'en extraire. »

Parfois je me suis dit : « Mais fait-on du progrès
En lançant des cailloux et des pavés de grès
A d'obscurs exploiteurs, à d'enrichis Tartuffes?
Que nous font leurs palais et leurs festins de truffes?
Et qu'importe au travail, au puissant travailleur,
Les millions gonflés d'un heureux bateleur?

Puisque toute fortune augmente le bien-être,
Et puisque tout pouvoir retourne vers son maître,
A quoi bon s'escrimer et passer au tamis
Des traitants parvenus? Faisons d'eux nos amis!
Soyons de leurs hauts faits les chroniqueurs et scribes,
Chantons leurs millions, et mangeons-en les bribes!... »

Il est un Dieu dans l'homme, un éternel flambeau,
Qui du bien et du vrai fait rayonner le beau.
Il devance le temps, il dévore l'espace;
Au progrès, il dit : « Marche! » au tyran, il dit : « Passe! »
Il épure l'erreur dans le creuset de l'or,
Réveille et met debout la vérité qui dort;
Son être, tout d'amour, ne connaît point la haine;
Avec douleur il sent toute douleur humaine;
Vers l'idéal son cœur, pur comme un diamant,
Bondit, comme le fer s'élance vers l'aimant.
Son âme, libre et fière, à nul charme asservie,
Pour un rayon de gloire exhalerait sa vie.
Il sait qu'il ne meurt pas. Car si l'homme mourait;
Si, comme le poisson barbotant dans le ret,
Il devait s'agiter dans son empan de vie,
De désirs affamée et jamais assouvie;
Si tant d'efforts, unis à tant de dévouement,
Ne devaient aboutir qu'à la tombe qui ment,
Mieux vaudrait arracher, comme une vile plante,
De son corps palpitant l'âme toute sanglante,
Et la jeter aux pieds de ce gâte-métier,
Qui créa si mal l'homme et l'univers entier,
En lui criant : « Reprends ta chair d'âme fardée!
Que puis-je te devoir? Te l'ai-je demandée?... »

Mais non, cela n'est pas! Quand l'homme de sa main
Ciselle du granit, il crée un être humain.
Et quand le Créateur, toujours effet et cause,
Se dit : « Faisons un homme, » il se métamorphose.
Il prend un chaud rayon de son être qui bout,
Le pétrit de raison et le pose debout!
« Va, dit-il, va, mon fils, mon œuvre, mon poëme,
« Sois beau, sois vrai, sois grand. Aime-moi, car je t'aime.
« Mais afin de t'apprendre à dompter ton orgueil,
« Il faut que ton berceau se transforme en cercueil.
« Ne crains pas de mourir! Ton âme sur mon aile
« S'élèvera plus haut et renaîtra plus belle! »

Aussi, ce que le fils, venu de si haut lieu,
Ne fait pas comme un homme, il le fait comme un dieu!
De sang et de sueur le progrès se mélange;
Mais il paraît partout où l'homme égale l'ange.
Comme l'amour parfois, il avilit son corps,
Il peut sourire au riche et tripler ses trésors;
Mais son cœur ne se vend, ni ne saurait se vendre,
Et comme Héro, la gloire appartient aux Léandre!

* * *

Démon de l'éloquence, apporte-moi ton dard;
Je veux, à moi tout seul, percer de part en part
La ténébreuse erreur, clouant sa couche épaisse
Sur un monde offusqué, qui se courbe et s'affaisse.

Un tas de gros pédants, — c'est toute une tribu, —
Dans la coupe du faux à rasade ils ont bu ;
Décriant l'idéal comme une vieille croûte,
Proclament l'intérêt la seule clef de voûte
De la société ! pilier fondamental,
Composé de crédit, de vol et de métal.
Si le peuple a du pain dans sa blouse de toile,
C'est grâce au fabricant décoré d'une étoile !
Si le monde a des rails, des vaisseaux à vapeur, —
Il le doit aux banquiers, ces chevaliers sans peur !
Si l'on sait détourner les effets du tonnerre,
C'est grâce à l'agioteur, fils de millionnaire.
Sans eux rien ne se fait, rien ne se fait sans eux !
Nous leur devons nos veaux, nos moutons et nos bœufs.
Ils sont la source vive où le peuple s'abreuve ;
Nous sommes les ruisseaux, puisant dans leur fleuve.
Nos livres et journaux, grands et petits formats,
Sont les membres nourris de leurs gros estomacs.
On pense pour leur gloire, on écrit pour leur plaire,
Leur argent civilise et leur esprit éclaire.
Ce qu'ils n'approuvent pas n'est pas de bon aloi.
On dit qu'au pouvoir même ils imposent leur loi.
Entre un carnet de bourse et des propos obscènes,
Ils dictent, en causant, leurs amours pour nos scènes ;
Détestables amours, sans art et sans vertu !
Ne dira-t-on jamais à l'argent : « *D'où viens-tu ?* »
Mes yeux le verront-ils, ce pouvoir de justice
Qui coupera la route au parvenu de vice ?

* * *

Avez-vous jamais vu de gros nids de frelons?
Ils sont ronds, et de loin on dirait des melons.
On les voit suspendus comme un tas de baudruches;
Mais malheur au passant qui les prend pour des ruches!
Ces insectes ailés, hardis et vagabonds,
N'ont jamais le vol droit : c'est par sauts et par bonds
Qu'ils se serrent en nœuds pour attaquer la bête,
En flocons déroulés, par les yeux et la tête.

J'ai gardé sur le pré, — je n'étais qu'un enfant, —
Un taureau noir et blanc, fort comme un éléphant.
Un jour d'été, j'ai vu cet animal superbe
S'affaisser sous leurs dards et se rouler dans l'herbe.
De sa queue il frappait ses flancs ensanglantés.
Les pâtres, se hélant, couraient épouvantés, —
Quand soudain coup sur coup des carreaux de tonnerre
Ébranlèrent le ciel, vomissant sur la terre
Des torrents d'eau. Dès lors c'en fut fait des frelons
Ils furent tous noyés dans le creux des sillons!

Ainsi nos financiers, frelons de nos abeilles,
Cueillant dans leurs hôtels le fruit mûr de nos veilles.

Ce que l'homme du peuple, à sa chaîne rivé,
Trouve et crée, aux dépens de l'intérêt privé,
L'exploiteur s'en empare, il en fait une boule ;
Ses charlatans dorés la traînent dans la foule.
Il transforme en un jour l'idée en vache à lait,
L'écrivain en soudard, le progrès en valet.
L'argent du travailleur se culbute à sa caisse ;
Il conduit le public comme un chien dans sa laisse ;
L'État vient au secours. De grands travaux se font,
L'exploiteur à la Bourse a centuplé ses fonds ;
La ruine eût frappé le bourgeois débonnaire, —
Va banque. — Et le coquin devient millionnaire !

      J'entends des cris divers,
Poussés par des dandys, au printemps de la vie.
Ils s'en vont, se disant : « Cet homme est plein d'envie,
    « Les raisins sont trop verts. »

      Seigneur ! toi qui pénètres
Les esprits et les cœurs, tu me vois. Tu le sais,
Jamais je n'ai haï. Mais si je haïssais
    Quelques-uns de tes êtres,

Ce serait de mépris!
Oui! quand je vois le riche et sa vie importune,
Et son superbe orgueil, je sens que la fortune,
Pour toi, n'est d'aucun prix!

Car souvent tu la donnes
Aux cœurs étroits et durs, d'esprit déshérités,
Esclaves de leur or, serfs de leurs vanités,
Et tu les abandonnes,

Avec toute l'ardeur
D'une vie animale, à leurs désirs sans bride,
Au ventre toujours plein, à l'âme toujours vide,
D'une noire laideur!

La fortune féconde est une grande dame;
Il faut la conquérir, pour l'avoir en surcroît.
Pour être riche, il faut plus d'esprit qu'on ne croit!
Fût-on millionnaire, on est pauvre sans âme!

★ ★ ★

Loin d'en vouloir au riche et de ne pas l'aimer,
Je voudrais qu'on le pût planter, greffer, semer!

Que nos loups et nos lynx se transforment en biches,
Et nos vastes forêts en bois touffus de riches!
Que le hêtre et le pin et le gros baliveau
De chêne, côte à côte, aspirent la même eau,
Respirent le même air! Que chacun ait sa place,
Et son jour au soleil, quelque beau temps qu'il fasse!
Mais voyez-vous là-bas, comme un torse de stuc,
Ce chêne épais et droit? Il absorbe le suc
De toute une forêt. De son feuillage sombre
Il obscurcit le jour. Rien ne croît sous son ombre!
Rien ne peut s'élever ni vivre autour de lui,
Rien que des arbrisseaux, que le lierre et le gui!

Ainsi nos financiers, au milieu d'une grève,
Verdoyants sur le sol dont ils pompent la séve,
Visant tout, chassant tout, par en haut, par en bas,
Exploitant le progrès, mais le poussant, — non pas!
Elevant, rabaissant les choses et les hommes,
Selon leurs intérêts, plus ou moins économes.
Jamais un dévouement, jamais un idéal
Ne germe dans leur cœur, panaché de métal!
Le peu de bien qu'ils font, il faut que la trompette,
De Londres à Paris, le dise et le répète!
Leurs amis et flatteurs, nobles et roturiers,
N'aiment que les écrits et les arts orduriers.
Leurs fils, qui font courir pour dresser... des lorettes,
Frisent certains poissons au dos bleu sans arêtes.
Leurs filles!... Saluons et parlons chapeau bas!
Elles ont tout : esprit, bonté, charmes, appas!
Et puis, pour le poëte elles sont indulgentes,
Pourvu que jeune, il ait cent mille francs de rentes!

* * *

Quittons ce terre à terre, et tâchons de planer :
Il est si malheureux d'avoir à condamner,
Quand de doux sentiments le cœur humain abonde,
Et que d'amour plutôt que de haine il débonde !
Et d'ailleurs, que nous fait le bonheur des croquants,
Qu'ils soient banquiers, marchands, rentiers ou trafiquants,
Qu'ils soient maîtres du sol et des biens de la terre,
Si nous savions garder notre saint caractère,
Si nous mourions plutôt que d'aller quémander
Notre pain sec chez eux? A nous de commander !
Du corps nous sommes l'âme, ils n'en sont que le torse :
C'est notre inaction qui fait toute leur force !
Voyez-les donc de près, ahanant sous le poids
De leurs faux préjugés, de leurs stupides lois;
Laquais de leur fortune, et laquais de naissance;
Pleins d'ennui, pleins de vide, au sein de l'abondance;
Élevant des bébés, disant : « Je veux, je veux! »
Blasés à vingt-cinq ans, à trente ans sans cheveux.
Jamais de l'âpre gloire ils n'ont senti le spasme,
Ni du devoir du bien le saint enthousiasme !
En conjuguant le verbe *aimer, j'aime, j'aimais,*
Ils cherchent le plaisir, mais le bonheur — jamais !
Ah! quel triste *mourir* que leur bruyante vie :
De la joie au souci, du dégoût à l'envie !

* * *

Il est un peuple au cou d'airain,
Dispersé de l'Euphrate au Rhin,
Pétri de granit et de larmes.
Il sert de pâture aux bourreaux.
Il n'a plus ni rois ni héros,
Et ne connaît plus d'autres armes

Que les engins de l'oraison,
Faits de douleur et de raison.
Toute sa vie est dans un livre!
Toujours courbé, toujours debout,
Bravant la haine et le dégoût,
Il ne meurt que pour mieux revivre!

Chrétiens! vos aïeux rutilants
Comme les porcs mangeaient des glands,

Dans leurs vastes forêts de chênes;
Quand Israël, dans sa cité,
Proclamant la fraternité,
Du genre humain rompit les chaînes.

Pour son Dieu, dans l'homme immanent,
Il n'est ni noble ni manant!
« A moi seul, dit-il, est la terre! »
Ce peuple errant tient dans sa main
Les droits sacrés de l'être humain ;
L'égalité du prolétaire!

C'est toujours le pauvre souffrant,
Qui, sous le nom du *Juif-Errant*,
Tantôt humble et tantôt superbe,
Vagabonde dans l'univers,
Où les chemins lui sont ouverts,
Pour faire triompher son Verbe!

Mais dès que, se sentant fléchir
Et ne songeant qu'à s'enrichir,
Le Juif se pavane et se ruche,
Alors Dieu fond sur l'orgueilleux,
Le saisit et le fend en deux,
Comme le bûcheron la bûche !

Million du Juif, qui sers-tu?
L'esclavage est-il abattu?
Tes pauvres frères sont-ils libres?
A. l'oppresseur tu tends les bras,
Esclave d'hier. Ne bout-il pas,
Le sang du martyr dans tes fibres?

Des travailleurs de toute foi,
Ruisselants de sueur, pour toi

Labourent le progrès en friche.
Et toi, couvant des lingots d'or,
Si sur tes rentes tu t'endors,
Dis-moi! de quel droit es-tu riche?

★ ★ ★

Montons plus haut. Je sens mon aile s'enfler d'air ;
Mon âme, en ces hauteurs, suit un céleste flair.
Je sens que j'ai pouvoir de brandir avec force
Ma hache contre l'arbre et d'en fendre l'écorce,
De tracer de mon soc de vigoureux sillons
Dans les champs épuisés par vos gras millions.
Les blés sont moissonnés, les vendanges sont faites.
Il est temps de chanter les stances des prophètes;
Ce verbe de métal forgé par l'Éternel,
Qui depuis trois mille ans vibre entre terre et ciel !
          Ecoutez cette parabole,
          D'Isaïe elle est la parole (1) !

« Mon bien-aimé, pour toi je vais chanter
          « Le beau chant de la vigne.
      « Mon ami venait de planter,
« Sur sa grosse colline, en belle et droite ligne,
« Les plus fins ceps de treille. Et tout autour,
      « Il la fit border d'une haie
              « Drue et gaie.

(1) Isaïe, ch. v.

« Sur le sommet il fit élever une tour,
    « Avec des cuves à vendanges,
    « A réjouir les cœurs des anges!

« Mon ami de sa vigne était fort amoureux.
« Il comptait y cueillir des raisins savoureux.
    « Hélas! malgré tous les soins, cette vigne
    « Ne produisit que du verjus indigne!

        « J'en appelle au doyen
    « De Jérusalem, au cœur noble.
    « Je te fais juge, ô citoyen,
    « Entre moi-même et ce vignoble.
« Pouvais-je faire plus pour lui, que je ne fis?
    « Qu'il ose donc répondre à mes défis!
« J'espérais des raisins. Pourquoi donc cette vigne
« Ne m'a-t-elle donné que du verjus indigne?

« Et maintenant, voici ce que j'ai décidé:
« Son mur sera détruit et son sol lapidé.
« Ses bordures en fleurs, elles seront coupées
« Et serviront de gîte aux bêtes attroupées.
        « Plus un brin vert,
« Que l'ortie et l'épine. Un horrible désert!
« Aux nuages du ciel je défendrais, d'un signe,
« De plus jamais pleuvoir sur cette ingrate vigne! »

***

Et moi, fils d'Isaïe, au juif comme au chrétien,
A tout mortel, pour peu qu'il soit homme de bien,
Je dis : « Vous n'êtes pas esclaves de la terre,
Et tout ne finit pas avec le cimetière !
Si l'homme craint la mort, l'enfant craint le sommeil.
Sommeil et mort, tous deux engendrent le réveil.
Tout homme qui, cherchant, se creuse et se pénètre,
Trouve écrit dans son cœur le secret de son être.
L'athée a beau nier et prêcher le néant,
Il croit à quelque chose : il se croit un géant !
Oui, l'homme tel qu'il naît est sa propre chenille ;
Si beau que soit son corps, ce n'est qu'une guenille.
Mais que l'âme en son œuvre aime le travailleur,
Pour le trouver plus grand, plus divin et meilleur ;
Que chacun de nous tous, en créant l'un pour l'autre,
Agrandisse sa sphère et soit son propre apôtre ;
Il vivra dans sa gloire, en tout temps, en tout lieu !
Car ce que l'homme crée en soi jaillit de Dieu !

Mais se laisser brûler par la soif d'or qui tue,
Pour avoir à sa mort un socle sans statue ;
Entasser biens sur biens et trésors sur trésors,
Pour avoir dans la vie une rallonge au corps !!!...
Semez des sacs de blé dans une terre en friche,
Il viendra du fumier. Le fumier, c'est le riche ;

C'est le riche, ignorant qu'il est le trésorier
Du travail fécondant de l'honnête ouvrier;
C'est le riche, oubliant le devoir, qui réclame
Que tout bien fait au corps soit bienfaisant pour l'âme.
Le but du Créateur dans l'histoire est tracé.
On connaît l'avenir quand on sait le passé.
La pauvreté du monde est dans son ignorance.
La richesse est le pain béni de la science!
Jouir, c'est le moyen. *Travailler*, c'est le but!
L'homme, de sa raison, de son art, de son luth,
Dompte en lui du plaisir la rage délétère,
Et marche en son travail comme un Dieu sur la **terre**.
Vous avez beau soigner la veuve et l'orphelin,
Les nourrir de froment et les couvrir de lin,
Sans l'or de la raison, vous perdez votre aumône.
Il faut, — pardon du mot! — que la raison ramone
Les conduits enfumés d'un corps sale et brutal,
Pour s'éclairer au feu sacré de l'idéal!

Honneur à nos aïeux! leurs mains endolories
Ont purgé le présent de ses noires scories!
Mais vos biens entassés sans peine et sans travail,
A quoi serviront-ils, sinon d'épouvantail?
Aujourd'hui vous voulez que l'État vous protége,
Demain vous mendiez un nouveau privilége.
Ce que vous possédez, le pouvoir l'a donné!
Rien n'est acquis par vous, et rien n'est pardonné!
Paris, de plus en plus, devient inhabitable;
Pour y rester, il faut être Faust ou le diable.
Assurance, terrain, gaz, voiture, omnibus,
Tout est à vous, par droit de conquête et d'abus.

Vous gagnez à coups sûrs notre argent à la Bourse ;
Vous spéculez sur l'air, vous exploitez la source.
Dites ! pour vous, jamais pouvoir fut-il plus doux ?
Et pour le faire aimer, ingrats, que faites-vous ?
Songez-vous qu'il est temps d'augmenter le salaire
Du savant magistrat, du vaillant militaire ;
Et que l'instituteur est bien moins appointé
Que le suisse insolent de vos palais d'été ?
Aux travailleurs donnez des hôtels d'invalides,
Au lieu de leur bâtir des maisons homicides !
Mais, hâtez-vous ! Tâchez de vous créer un nom.
Vous croyez que c'est fait. Mais moi, je vous dis : Non !!
Sur l'idéal du ciel la terre se façonne.
L'on ne possède en biens que le bien que l'on donne.
Vous pouvez être à nous ce qu'est le sang aux nerfs,
Et de vos plats écus vous n'êtes que les serfs !
Du coche de l'État vous n'êtes que les mouches,
Et vous prenez des airs de conquérants farouches !
Vous n'êtes de notre or que des presseurs de jus,
Et vous produisez... quoi ? — du verjus ! du verjus !!

★ ★ ★

Or, voici ce que Dieu me dit dans sa colère :
« Frappe de ton marteau sur ce plâtre doré !
« Jette des blocs de fer parmi ces pots de terre !
« Ils sont debout et fiers, — je les renverserai !

« Les railleurs d'idéal seront fauchés comme herbe,
« Et d'un nouvel éclat resplendira mon Verbe!
« Tu les as vus courbés et criant: « Sauvez-nous! »
« Tu les verras venir encor, mais à genoux!
« Laisse-les me railler et railler le poëte!...
« Justice se fera, justice sera faite!! »

Clichy.— Imp. PAUL DUPONT, 12, rue du Bac-d'Asnières (200, 3-8).